AF348713

Hugo Ball

Tenderenda der Phantast

e-artnow 2018

Ödön von Horváth
Gesammelte Werke: Romane + Erzählungen + Dramen + Gedichte + Autobiografie + Briefe: 145 Titel in einem Buch: Der ewige Spießer, ... Tag, Don Juan kommt aus dem Krieg...

Konstantin Balmont
Der Weg durch die Luft (Erzählung)

Rudolf Baumbach
Gesammelte Werke: Versepen, Romane, Erzählungen & Märchen: Zlatorog + Horand und Hilde + Abenteuer und Schwänke + Aus der Jugendzeit

Stefan Zweig
Die unsichtbare Sammlung: 3 Novellen

Brigitte Augusti
Mädchenlose: Band 1 & 2 (Erzählung)

Berthold Auerbach
Schwarzwälder Dorfgeschichten: Band 1 bis 10 (Erzählungen)

Hermann Bahr
Expressionismus (Essay)

Aubrey Beardsley, Franz Blei
Venus und Tannhäuser: Eine romantische Novelle

Rainer Maria Rilke
Erzählungen und Skizzen: Lyrische Worte in Prosa: Zwei Prager Geschichten + Generationen + Ewald Tragy + Geschichten vom lieben ... + Der Totengräber und viel mehr

Honoré de Balzac
Gesammelte Werke: 15 Romane, 27 Erzählungen, 2 Novellen, 2 Abhandlungen & Essays: Katharina von Medici + Die dreißig tolldreisten Geschichten: Band 1 bis ... von dreißig Jahren + Vater Goriot und mehr

Hugo Ball

Tenderenda der Phantast

e-artnow, 2018
ISBN 978-80-273-1600-7

Inhaltsverzeichnis

O vous, messeigneurs et mes dames,
Qui contemplez ceste painture,
Plaise vous prier pour les âmes

De ceulx qui sont en sepulture.

Saint Bernard

I Der Aufstieg des Sehers

Man findet sich in die Aufregungen einer imaginären Stadt versetzt. Ein neuer Gott wird erwartet. Donnerkopf (der im Roman nicht weiter hervortritt) hat seinen Wohnsitz auf einen Turm verlegt und gibt von dort buntscheckige Bulletins aus, die über den Fortgang der Angelegenheit unterrichten sollen. Ein lauer Abend bricht an. Auftreten eines Scharlatans, der auf dem Marktplatz eine Himmelfahrt in Aussicht stellt. Er hat sich dazu eine eigene Theorie ausgedacht, die er weitläufig vorträgt. Scheitert jedoch an der Skepsis des Publikums. Was das für Folgen hat.

An diesem Tage war Donnerkopf verhindert, dem Festakte beizuwohnen. Siehe, er saß vor Atlanten und Zirkeln und kündete Weisheit der oberen Sphären. Lange Papyrusrollen ließ er, mit Zeichen und Tieren bemalt, vom Turme herab und warnte damit das Volk, das unter den Nestern stand, vor den kreischenden Scharen der Engel, die wütend den Turm umflogen. Jemand aber trug an diesem Tage an langer Stange ein Schild durch die Stadt, darauf stand:

> Talita kumi, Mägdlein steh auf
> Du bist es, du wirst es sein.
> Gossentochter, Jubelmutter,
> Die Erhangenen und die Verbannten
> Die Gefangenen und die Verbrannten
> Rufen nach dir.
> Befreie, o benedeie
> Du Unbekannte
> Tritt herfür!

Mit Fasten und Purgativ bereitete sich die Stadt auf eines neuen Gottes Erscheinen vor, und tauchten schon aus der Menge etliche auf, die im Gedränge Ihm wollten begegnet sein. Eine Warnung ward ausgegeben, besagend, daß, wer die Glockenräder und Lumpentürme besichtige oder betrete und ohne Ermächtigung abgefaßt würde, bei lebendem Leibe solle des Todes sein. Frisch aufgeblasen ward der Kausalnexus und sichtbar vor aller Blicke den heiligen Spinnen zum Fraß ausgesetzt. Mit Klappern und Dudelsäcken bewegten sich händeringend die Bitt- und Kaffeeprozessionen der Künstlerschaft und der Gelehrten. Aus allen Lüften und Luken aber hingen die Wasserzeichen und ragten die gläsernen Spritzen.

Da, über den Marktplatz, wie auf Verabredung, schritt violetten Gesichtes der Seher, gebot den lachenden Häusern, den Sternen, dem Mond und der Menge und sprach:

»Zitronengelb stehen die Himmel. Zitronengelb stehen die Felder der Seele. Den Kopf haben wir schief zur Erde geneigt und die Ohren weit aufgetan. Die Schürzen und Kutten haben wir ausgespannt und der Rücken aus Knallporzellan blinkt im Gefüge.

Wahrlich ich sage euch: meine Demut gehet nicht euch an, sondern Gott. Jeder suchet ein Glück, für das er nicht ausreicht. Keiner hat Feinde, soviele er haben kann. Eine Schimäre ist der Mensch, ein Wunder, ein göttliches Ungefähr, voll Tücke und Zwielist.

Eines Tages kannt ich mich selbst nicht mehr aus Neugier und Argwohn. Siehe, da kehrte ich um und hielt Einkehr. Siehe, da brannte die Kerze und tropfte auf meinen eigenen Schädel. Meine erste Erkenntnis aber war: klein und groß, das ist Aberwitz. Groß und klein, das ist Relativismus. Siehe, da schnellte mein Finger hervor und verbrannte sich an der Sonne. Siehe, da ritzte der Zeiger der Turmuhr den Boden der Straße auf. Ihr aber glaubet zu fühlen und werdet gefühlt.«

Er machte eine Pause, um sich das Ohr zu scheuern, und warf einen Blick in das fünfte Stockwerk des vierten Gebäudes. Dort ragte Lünettes rosaseidenes Bein aus dem Fenster. Darauf saßen zwei geflügelte Wesen, die saugten Blut.

Und der Seher fuhr fort:

»Wahrlich, kein Ding ist so, wie es aussieht. Sondern es ist besessen von einem Lebgeist und Kobold, der steht still, alslang man ihn anschaut. So man ihn aber entlarvet, verändert er sich und wird ungeheuer. Jahrelang trug ich die Last der Dinge, die ihre Befreiung wollten. Bis ich erkannte und sah ihre Dimension. Da hob mich die Inbrunst. Entsetzliches Leben! Da breitete ich die Arme, zur Abwehr, und flog, flog pfeilgrad über die Dächer.«

Hier konnte man sehen, daß der Seher, vom Brausen der eigenen Worte betört, nicht hatte unhaltbare Versprechungen ausgelassen. Mit beiden Händen laut flatternd, erhob er sich, flog wie zum Versuch ein gutes Stück Wegs in den Abend, neigte dann aber die Kurve und kam, unter einigem Hüpfen, leichthin wieder zu Stand.

Der Pöbel, der bis zu den Hüften allseits des Markts aus den Fenstern hing, war erschrocken, schüttelte aber, da ihn das Schauspiel befremdete, ungläubigen Mißbehagens den Kopf, schwenkte aus Leibeskräften die Salztrompeten und mitgebrachten Papierlaternen und schrie: »Das Vergrößerungsglas! Das Vergrößerungsglas!«

Es war nämlich bekannt geworden, daß der Seher bei seinen Gängen des öftern sich eines solchen Glases bediente, und so glaubte man denn nichts anders, als daß das Ganze nur ein Schwindel des Sehers sei, der mit solchem Instrument seine Schliche bemäntle. Auch gab es ein Intermezzo, indem eine neugierige Frau, die heftig an einer Fahnenstange geflattert hatte, abriß und vom Abendwind über die Dächer nach Osten getrieben wurde. Item: es flog ein Hahn mit zerfederter Sichel hoch über die Fächer der Damen, das galt als Zeichen anschlägiger Eitelkeit.

In der Tat zog der Seher, bestürzt und entmutigt, den Vergrößerungsspiegel aus der Tasche. Einen Spiegel beiläufig vom Umfange einer russischen Schaukel, wie sie auf Jahrmärkten zu sehen sind. Außerordentlich fein geschliffen das Glas, silbern gefaßt und an langem Holzstiele zierlich befestigt. Er hielt diesen Spiegel in tragischer Pose hoch über sich, stob plötzlich empor, zersprengte den Spiegel, die Trümmer klirrten, und er entschwand in die gelben Meere des Abends.

Die Glasscherben des zerbrochenen Wunderspiegels aber zerschnitten die Häuser, zerschnitten die Menschen, das Vieh, die Seiltänzereien, die Fördergruben und alle Ungläubigen, so daß sich die Zahl der Verschnittenen mehrte von Tag zu Tag.

II Das Karussellpferd Johann

Man schreibt Sommer 1914. Eine phantastische Dichtergemeinde wittert Unrat und faßt den Entschluß, ihr symbolisches Steckenpferd Johann rechtzeitig in Sicherheit zu bringen. Wie Johann sich erst sträubt und dann einwilligt. Irrfahrten und Hindernisse unter Führung eines gewissen Benjamin. In fernen Ländern begegnet man dem Häuptling Feuerschein, der sich als Polizeispitzel entpuppt. Daran geknüpft historiologische Bemerkung über die Niederkunft einer Polizeihündin in Berlin.

»Eines ist gewiß«, sprach Benjamin, »Intelligenz ist Dilettantismus. Intelligenz blufft uns nicht mehr. Sie schauen hinein, wir schauen heraus. Sie sind Jesuiten der Nützlichkeit. Intelligent wie Savonarola, das gibt es nicht. Intelligent wie Manasse, das gibt es. Ihre Bibel ist das bürgerliche Gesetzbuch.«

»Du hast recht«, sagte Jopp, »Intelligenz ist verdächtig: Scharfsinn verblühter Reklamechefs. Der Asketenverein ›Zur häßlichen Schenkel‹ hat die platonische Idee erfunden. Das ›Ding an sich‹ ist heute ein Schuhputzmittel. Die Welt ist keß und voll Epilepsie.«

»Genug«, sprach Benjamin, »mir wird übel, wenn ich von ›Gesetz‹ höre und von ›Kontrast‹ und von ›also‹ und ›folglich‹. Warum soll der Zebu ein Kolibri sein? Ich hasse die Addition und die Niedertracht. Man soll eine Möwe, die in der Sonne ihre Schwingen putzt, auf sich beruhen lassen und nicht ›also‹ zu ihr sagen, sie leidet darunter.«

»Also«, sprach Stiselhäher, »lasset uns das Karussellpferd Johann in Sicherheit bringen und einen Kantus singen auf das Fabelhafte.«

»Ich weiß nicht«, sprach Benjamin, »wir sollten doch lieber das Karussellpferd Johann in Sicherheit bringen. Es sind Anzeichen vorhanden, daß Schlimmes bevorsteht.«

In der Tat waren Anzeichen vorhanden, daß Schlimmes bevorstand. Ein Kopf war gefunden worden, der schrie »Blut! Blut!« unstillbar, und Petersilien wuchsen ihm über die Backenknochen. Die Thermometer standen voll Blut, und die Muskelstrecker funktionierten nicht mehr. In den Bankhäusern diskontierte man die Wacht am Rhein.

»Wohl, wohl«, sagte Stiselhäher, »lasset uns das Karussellpferd Johann in Sicherheit bringen. Man weiß nicht, was kommen mag.«

Auf himmelblauer Tenne, mit großen Augen, ganz in Schweiß gebadet, stand das Karussellpferd Johann. »Nein, nein«, sagte Johann, »hier bin ich geboren, hier will ich auch sterben.« Das war aber eine Unwahrheit. Denn Johanns Mutter stammte aus Dänemark, der Vater war Ungar. Man wurde sich aber doch einig und floh noch in selber Nacht.

»Parbleu«, sagte Stiselhäher, »hier hat die Welt ein Ende. Hier ist eine Wand. Hier geht es nicht weiter.« In der Tat gab es da eine Wand. Die stieg senkrecht zum Himmel.

»Lachhaft«, sagte Jopp, »wir haben die Fühlung verloren. Ließen uns da in die Nacht hinein und haben vergessen, Gewichtsteine an uns zu hängen. Natürlich schweben wir nun in der Luft.«

»Papperlapapp«, sagte Stiselhäher, »hier müffelt's. Ich gehe nicht weiter. Hier liegen Fischköpfe. Hier waren die Seekatzen am Werk. Hier hat man die Wellenböcke gemolken.«

»Weiß der Teufel«, sprach Runzelmann, »auch mir ist nicht recht geheuer. Man wird uns die Scharlatanenhemden über die Ohren ziehen!« Er schlotterte heftig.

»Das Ganze halt!« befahl Benjamin. »Was steht da? Ein Zeiserlwagen? Grün und mit Gitterfenstern? Was wächst da? Agaven, Fächerpalmen und Tamarinden? Jopp, sieh im Zeichenbuch nach, was das zu bedeuten hat.«

»Fatale Sache«, sprach Stiselhäher, »ein Zeiserlwagen zwischen Agaven. Schon faul. Weiß Gott, wo wir stecken.«

»Unsinn«, rief Benjamin, »wenn es nicht dunkel wäre, könnte man genau sehen, was los ist. Der Quacksalber von Roßarzt hat uns den falschen Weg gezeigt.«

»Tatsache«, sprach Jopp, »wir stehen vor einer Wand. Hier geht es nicht weiter. Gundelfleck, steck die Laterne an.« Gundelfleck kramte in seiner Tasche, zog aber nur eine mächtige, hellblaue Orgelpfeife hervor. Die trug er immerhin bei sich.

»Kommen Sie näher, meine Herren«, ließ sich plötzlich eine Stimme vernehmen, »Sie sind auf dem Holzwege.« Es war der Häuptling Feuerschein. »Wo tappen Sie nächtlicherweile herum? Und in wachem Aufzug? Nehmen Sie die Zelluloidnasen ab! Demaskieren Sie sich! Man kennt Sie! Was sind das für Schellenbäume, die Sie da bei sich tragen?«

»Das sind Pritschen und Klingelstöcke und Narrenpeitschen, mit Verlaub.«

»Was ist das für ein Blasinstrument?«

»Das ist der Nürnberger Trichter.«

»Und was ist das für ein Watteklumpen da an der Leine?«

»Das ist das Karussellpferd Johann, bestens in Watte verpackt.«

»Larifari. Was wollen Sie mit dem Karussellpferd hier in der Lybischen Wüste? Wo haben Sie das Pferd her?«

»Es ist gewissermaßen ein Symbol, Herr Feuerschein. Wenn Sie gestatten. Sie sehen nämlich in uns den sterilisierten Phantastenklub ›Blaue Tulpe‹.«

»Symbol hin, Symbol her. Sie haben das Pferd dem Heeresdienst entzogen. Wie heißen Sie?«
»Das ist ja ein entsetzlicher Kerl!« sprach Jopp, »das ist ja die glatte Robinsonade.«

»Mumpitz«, sprach Stiselhäher, »er ist eine Fiktion. Das hat dieser Benjamin angerichtet. Er denkt sich das aus, und wir haben zu leiden darunter...« »Sehr geehrter Herr Feuerschein! Ihr konföderiertes Naturburschentum, Ihre Latwergfarbe, das imponiert uns nicht. Noch Ihre entliehene Kinodramatik! Aber ein Wort zur Aufklärung: Wir sind Phantasten. Wir glauben nicht mehr an die Intelligenz. Wir haben uns auf den Weg gemacht, um dieses Tier, dem unsere ganze Verehrung gilt, vor dem Mob zu retten.«

»Ich kann Sie verstehen«, sprach Feuerschein, »aber ich bin außerstande, Ihnen zu helfen. Steigen Sie ein in den Zeiserlwagen. Auch das Pferd, was Sie da bei sich haben. Vorwärts marsch, keine Umstände. Eingestiegen!«

Die Hündin Rosalie lag schwer in den Wochen. Fünf junge Polizeihunde erblickten das Licht der Welt. Auch fing man um diese Zeit in einem Spreekanal zu Berlin einen chinesischen Kraken. Das Tier wurde auf die Polizeiwache gebracht.

III Der Untergang des Machetanz

Wie schon sein Name besagt, ist Machetanz ein Wesen, das Tänze macht und Sensationen liebt. Er ist einer jener verzweifelten Typen ohne seelische Haltung, die sich dem leisesten Eindruck nicht zu entziehen vermögen. Daher auch sein trauriges Ende. Der Dichter hat das mit besonderem Nachdruck hierher gesetzt. Wir sehen, wie Machetanz Schritt für Schritt der Besessenheit, dann einer tiefen Apathie erliegt. Bis er schließlich nach fruchtlosen Versuchen, sich ein Alibi zu schaffen, in jene religiös gefärbte Paralyse versinkt, die, mit Exzessen verbunden, seinen völligen physischen und moralischen Ruin besiegelt.

Da spürte Machetanz plötzlich einen Druck an den Schläfen. Die Produktionsströme, die seinen Körper gewärmt und gewickelt hatten, starben ab und hingen wie lange Safrantapeten von seinem Leib. Ein Wind bog ihm Hände und Füße um. Sein Rücken, ein kreischendes Drehgewinde, stob als Spirale zum Himmel.

Machetanz, hämisch, ergriff einen Stein, der eckwärts aus einem Gebäude schrie, und setzte sich blindlings zur Wehr. Blaue Gesellen zerstürmten ihn. Hell brach ein Himmel zusammen. Ein Luftschacht legte sich quer. Über den Himmel hinweg flog eine Kette geflügelter Wöchnerinnen.

Die Gasanstalten, die Bierbrauereien und die Rathauskuppeln gerieten ins Wanken und dröhnten im Paukengeschnatter. Dämonen, bunten Gefieders, beklackerten sein Gehirn, zerzausten und rupften es. Über den Marktplatz, der in die Sterne versank, ragte mit ungeheurer Sichel der grünliche Rumpf eines Schiffes, das senkrecht auf seiner Spitze stand.

Machetanz fuhr sich mit beiden Zeigefingern ins Ohrgehäuse und scharrte daraus den letzten schäbigen Rest von Sonne, der sich darin verkrochen hatte. Apokalyptischer Glanz brach aus. Die blauen Gesellen bliesen auf Muscheltrompeten. Sie stiegen auf Lichtbalustraden und stiegen herab ins Glänzige.

Übelkeit überkam Machetanz. Ein Würgen am falschen Gott. Er rannte mit hochgeschwungenen Armen, stürzte und fiel aufs Gesicht. Eine Stimme schrie aus seinem Rücken. Er schloß die Augen und fühlte sich in drei mächtigen Sätzen über die Stadt geschnellt. Saugrohre schlürften die Kraft der mystischen Behälter.

Machetanz sank in die Knie, salatigen Meßgewandes, und bleckte die Zähne zum Himmel. Häuserfronten sind Gräberreihen, übereinandergetürmt. Kupferne Städte am Rande des Monds. Kasematten, die auf dem Stiel einer Sternschnuppe schwanken bei Nacht. Eine aufgeklebte Kultur blättert ab und wird von Knäden zu Fetzen gerissen. Machetanz tobt, vom Veitstanz befallen. Eins, zwei, eins, zwei: Mittel zur Fleischabtötung. ›Pankatholizismus‹, schrie er in seiner Verblendung. Er gründet ein Generalkonsulat für öffentliche Anfechtung und legt dort als erster Protest ein. Kinodramatisch erläutert er die Zwangsphänomene seiner Exzesse und Wachtraummonomanien. In einer magnetischen Flasche wird er umhergewirbelt. Er brennt in den unterirdischen Röhren eines Kanalsystems. Eine schöne Narbe ziert Machetanz' Auge mit weißem Glanz.

In zickzackfarbigem Hemd balanciert er auf ragendem Ätherturm. Er mietet den großen Schwung und rattert im Aufstieg zerbrechend durch das Gespeiche imaginärer Gigantenräder. Es drohen ihm die Gesichter des raschen Entschlusses, der rührigen Kopfhaut, der meckernden Skepsis. Mit zerbrochenen Lungenflügeln hüpft er aus der Hand eines Kobolds.

Die Freunde verlassen ihn. »Machetanz, Machetanz!« kräht er von einem Kamin herab. Er entstürzt dem Konnex. Er zieht als Segment einer Sonnenfinsternis über schief hängende Kuppeln und Türme betrunkener Städte. Schlaflos und in ein Kinderwägelchen eingebettet wird er über die Straße gezogen. Es überschatten ihn die Landschaften des Errötens, der Trauer, der bräutlichen Seligkeit.

Machetanz faselt sich Dekadenzen zurecht. Er deponiert umfassende Angstkomplexe. Instrumentiert sich Hemmungen dazwischen, Falschmünzereien von seelischen Katarakten und Sensationen. Er rollt sich des Nachts zusammen im Leib einer Dirne. Die Angsthaut steht ihm steil hinter den Ohren. »Meint ihr vielleicht, ihr Tröpfe –« und schlägt auf den Boden, Schaum vor dem Mund, eine blaue Wolke. Er kriecht hervor in die Sonne. Er will das Erlebnis haben. Gras wächst mißgünstig und treibt ihn zurück in die Finsternis. Vorhänge blähen sich auf und ein Haus entschwebt. Das ist die Katalepsie der Zerstörung. Zungen prallen in rotem Pfeilregen schräg gegen das Pflaster.

Gagny, die Bleierne, muß ihm den Scheitel kämmen, damit er nachdenken kann. Dagny, die Fischbraut, pflegt ihn, auf ihrer rechten Seite schillernd von Musikon. Machetanz hat einen Hauptmann erschlagen mit einem Gesangbuch. Er hat eine künstlich schwimmende Insel erfunden. Er stengelt in Bittprozessionen und verehrt Vagabunden-Jesus. Er hält die Laterne beim Totenamt, und so er sein Wasser abschlägt: es ist essigsaure Tonerde.

Aber es hilft ihm nichts. Diesen Turbulenzen, Detonationen und Radiumfeldern ist er nicht gewachsen. »Quantität ist alles«, schreit er, »Syphilis ist eine schwere Geschlechtskrankheit.« Er nimmt ein Salzsäurebad, um seinen gefiederten Leib loszuwerden. Übrig bleiben: ein Hühnerauge, eine goldene Brille, ein künstlich Gebiß und ein Amulett. Und die Seele: eine Ellipse.

Machetanz lächelt bitter: »Originalität ist ein Luftblasenkatarrh. Schmerzlich und unwahrscheinlich. Einen Mord begehen. Ein Mord ist etwas, was nicht geleugnet werden kann. Nie und nimmer. Schön Wetter machen. Immer die Armen lieben. Schon haben wir Gott als Supplement. Das ist fester Boden.« Und er blies Musikon ins Genick. Da zerwölkte sie sich.

Und er machte sein Testament. Mit Urintinte. Andere hatte er nicht. Denn er saß im Gefängnis. Er verwünschte darin: die Phantasten, Dagny, das Karussellpferd Johann, seine arme Mutter und viele andere Leute. Dann starb er. Auf einer Sodasuppe erwuchs ein Palmenwald. Ein Pferd bewegte die Beine und kam voran. Eine Trauerfahne wehte auf einem Krankenhaus.

IV Die roten Himmel

Landschaftsbild aus dem oberen Inferno. Ein Konzert heilloser Geräusche, das selbst die Tiere in Erstaunen setzt. Die Tiere treten zum Teil als Musikanten (sogenannte Katzenmusik), zum Teil in ausgestopftem Zustand und als Staffage auf. Die Tanten aus der siebenten Dimension beteiligen sich in obszöner Weise am Hexensabbat.

Die roten Himmel, mimulli mamei,
Gehen im Magenkrampf mitten entzwei.
Die roten Himmel fallen in den See,
Mimulli mamei, und haben Magenweh.

Die blauen Katzen, fofolli mamei,
An einem rotzackigen Wellblech kratzen.
O lalalo lalalo lalala!
Da ist auch die schnurrende Tante da.

Die schnurrende Tante hebt aus Schnee
Ihre trällernden Hosen und Röcke in d'Höh.
O lalalo lalalo lalalo!
Da sagte der Flötenbock: »Sowieso.«

Die tönerne Taube fällt vom Dach.
Der doppelte Johann springt ihr nach.
O lalalo und mimulli mamei!
Auf eisernen Geigen kratzen zwei.

Das Pferd und der Esel schauten schief
Auf den Schneehahn, der aus der Tiefe rief
Die blaue Tuba krachte sich eins –
Da sangen sie alle das Einmaleins.

O lalalo lalalo lalalo,
Der Kopf ist aus Glas und die Hände aus Stroh.
O lalalo lalalo lalalo!
Zinnoberzack, Zeter und Mordio!

V Satanopolis

Eine mystische Begebenheit, die sich in der untersten Tintenhölle ereignet. Tenderenda erzählt die Geschichte vor einem Publikum von Gespenstern und Abgeschiedenen, von satanopolitanischen Eingeweihten und Habitués. Er setzt eine Kenntnis der Personen und des Lokals, eine Vertrautheit mit unterirdischen Einrichtungen voraus.

Ein Journalist war entkommen. In grauer Gestalt überschattete er die Weideplätze von Satanopolis. Man beschloß, gegen ihn zu Felde zu ziehen. Das Revolutionstribunal versammelte sich. Man zog gegen ihn zu Felde, der sich in grauer Gestalt tummelte auf den Weideplätzen von Satanopolis. Aber man fand ihn nicht. Er hatte sich unterschiedlichen Unfug zuschulden kommen lassen, aber er weidete vergnügt und aß die spitzen Köpfe der Disteln, die blühten auf den Wiesen von Satanopolis. Da ward sein Haus ausfindig gemacht. Es lag auf dem 26½. Hügel, wo die Pfanne der Dreieinigkeit steht. Mit Stocklaternen umstellten sie das Haus. Ihre Mondhörner leuchteten falb in die Nacht. Alle liefen hinzu, Vogelkäfige in der Hand.

»Sie haben da einen schönen Kanidklopfer«, sagte Herr Schmidt zu Herrn Schulze. »Spinöser Affront!« sagte Herr Meyer zu Herrn Schmidt, setzte sich auf seine Schindmähre, die seine Krankheit war, und ritt verdrossen davon.

Unterdessen standen viele strickende Guillotinenfurien da, und man beschloß, den Journalisten zu stürmen. Das Haus, das er besetzt hielt, war das Mondhaus genannt. Er hatte es verbarrikadiert mit Matratzen aus Ätherwellen und hatte die Pfanne oben aufs Dach gesetzt, so daß er unter dem ganz besonderen Schutze des Himmels stand. Er nährte sich von Kalmus, Kefir und Konfekt. Auch hatte er um sich die Leichname der Abgeschiedenen, die in großen Mengen von der Erde durch seinen Schornstein herniederfielen. So daß er für einige Wochen bequem es aushalten konnte. Er sorgte sich deshalb nicht sehr. Fühlte sich wohl und studierte zum Zeitvertreib die 27 verschiedenen Arten des Sitzens und Spukens. Er hieß Lilienstein.

Eine Sitzung fand statt auf dem Rathaus des Teufels. Der Teufel trat auf mit Kis de Paris und Ridikül, sprach einiges unwirsches Zeug und sang den Rigoletto. Man rief ihm hinauf, er sei ein gespreizter Einfaltspinsel, er möge die Späße lassen. Und man beriet, ob man das Haus, das Lilienstein mit dem Kneifer besetzt hielt, durch Tanz einäschern oder aber von Flöhen und Wanzen verzehren lassen sollte.

Der Teufel auf dem Balkon bekam das Beineschwingen und meinte: »Der Unterleib Marats endete in einem Dolch. Er hat die Matratzen aus Ätherwellen vor seinem Hause, und die Lügentürme schwanken um ihn im Gebläue ihres Fundamentes. Er hat sich mit Leichenfett eingerieben und sich unempfindlich gemacht. Ziehet in Horden von Leuten mit je einer Trommel am Gurte noch einmal hin. Vielleicht... und daß es gelingen möge.« Des Teufels Gattin war schlank, blond, blau. Sie saß auf einer Eselin und hielt ihm zur Seite.

Da machte man kehrt und marschierte zurück und sang zu der Trommel: Und sie kamen zurück an das Mondhaus und sahen die Matratzen aus Ätherwellen und den Lilienstein, wie er bei voller Beleuchtung einherspazierte. Und der Rauch seines Mittagessens stieg oben aus seinem Schornstein.

Und er hatte ein großes Plakat angebracht. Darauf stand:

>»Qui hic mixerit aut cacarit
>Habeat deos inferos et superos iratos.«

(Das hatte er aber nicht selber erfunden, sondern es stammte von Luther.)
Und ein zweites Plakat. Darauf stand:

>»Wer sich furcht, der ziehe ein Pantzer an.
>Helpts, so helpts.
>Denn es lebt und bleibt leben der Scheblimini.
>Sedet at dexteris meis. Da steckts.«

Ich kann euch sagen, das wurmte sie mächtig. Und wußten nicht, wie sie den Lilienstein sollten herausbekommen. Doch sie kamen auf einen Gedanken: Hundekraut und Honig warfen sie über das Haus des Lilienstein. Da mußte er heraus. Und sie verfolgten ihn.

Hinweg stolperte er über die Schlafkarren, die auf der Straße standen, der Schlafkrankheit wegen. Hinweg stolperte er über die Beine des Petroleums, das saß an der Ecke und rieb sich den Magen. Hinweg über die Bude der Schutzgöttin der Aborte, die kinderspeiend an langen Schnüren die etwa 72 Sterne des Guten und die 36 Sterne des Bösen tanzen ließ. Und sie verfolgten ihn. Eine Apoplexie wälzt sich in himmelblauen Bändern. Blaudurstige Schnecken kriechen. Wer diesen Phallus gesehen hat, kennt alle andern. Vorbei hetzte er an dem Tintenfisch, der die griechische Grammatik lernt und Veloziped fährt. Vorbei an den Lampentürmen und Hochöfen, in denen die Leichen der toten Soldaten flammen bei Nacht. Und er entkam.

In den Gartenwirtschaften des Teufels verlas man ein Manifest. Eine Belohnung von 6000 Francs war ausgesetzt für jeden, der über den Verbleib des nach Satanopolis geratenen Journalisten Lilienstein etwas Zuverlässiges zu bekunden oder Angaben zu machen habe, die auf die Spur des Unholds zu führen vermöchten. Bei den Klängen eines Posaunenchors ward es verlesen. Aber umsonst.

Schon hatte man ihn vergessen und ging seiner Wege, da fand man ihn auf dem Corso des Italiens. Auf himmelblauen Pferdchen ritt man dort aus, und die Damen trugen langstielige Sonnenschirme, denn es war heiß.

Auf dem Sonnenschirm einer Dame bemerkte man ihn. Er hatte sich dort ein Nest gebaut und war dabei brütend befunden worden. Er fletschte die Zähne und schrillte in einem durchdringenden Ton: »Zirrizittig-Zirritig.« Aber es half ihm nicht. Man zerrte die Dame, auf deren Sonnenschirm er flanierte, hin und her. Man beschimpfte, bespie und beschuldigte sie. Man erteilte ihr einen Stoß ins Gesäß, denn man hielt sie für eine Spitzelin. Da fiel er heraus aus dem Nest und die Eier mit ihm, und ein Johlen erhob sich.

Aber man riß ihm nur seinen Papieranzug vom Leib. Er selber entkam und retirierte in das Gestänge der Bahnhofshalle, oben hinauf, wo sich der Rauch aufhält. Dort war es ganz offenbar, dort oben könne er sich nicht lange halten.

In der Tat kam er herunter nach fünf Tagen und ward vor den Richter gestellt. Jämmerlich war er anzusehen. Das Gesicht geschwärzt von Kohlenruß und die Hände besudelt von Tintendreck. In der Hosentasche trug er einen Revolver. In der Brusttasche neben dem Portefeuille das Handbuch der Kriminalpsychologie von Ludwig Rubiner. Noch immer fletschte er die Zähne »Zirritig-Zirrizittig«. Da kamen die Tintenfische aus ihren Löchern und lachten. Da kamen die Zackopadoren und schnupperten an ihm. Da schwirrten die Zauberdrachen und Seepferdchen überlings um seinen Kopf.

Und man machte ihm den Prozeß: In grauer Gestalt ruiniert zu haben die Weideplätze der Mystiker. Durch mancherlei Unfug Aufsehen erregt zu haben. Aber der Teufel machte sich zu seinem Anwalt und verteidigte ihn. »Afterreden und Schläfrigkeit«, sprach der Teufel, »was wollt ihr von ihm? Sehet, da stehet ein Mensch. Wollt ihr, daß ich meine Hände in Unschuld wasche, oder soll er geschunden werden?« Und die Armen und Bettler sprangen herfür und riefen: »Herr, hilf uns, wir haben Fieber.« Aber er schob sie zurück mit der flachen Hand und sagte: »Bitte, nachher.« Und der Prozeß wurde vertagt.

Am nächsten Tag aber kamen sie wieder, viel Volks, brachten Rasiermesser und schrieen: »Gib ihn heraus. Er hat Gott und den Teufel gelästert. Er ist ein Journalist. Er hat unser Mondhaus befleckt und sich ein Nest gebaut auf dem Sonnenschirm einer Dame.«

Und der Teufel sagte zu Lilienstein: »Verteidige dich.« Und ein Herr aus dem Publikum rief mit erhobener Stimme: »Dieser Herr hat keine Gemeinschaft mit der Aktion.«

Und Lilienstein fiel auf die Knie, beschwor die Sterne, den Mond und die Menge und rief: »Autolax ist das Beste. Aus weichem Holz und Bast gebundene trichterähnliche Zapfen kennt schon das Altertum. Der Soxhletapparat ist eine Erfindung der Neuzeit. Das beste Abführmittel ist Autolax. Es besteht aus Pflanzenextrakten. Hören Sie mich: aus Pflanzenextrakten! Es braucht kaum erwähnt zu werden, daß es sich um ein Erzeugnis der deutschen Industrie handelt«, stammelte er in seiner Not. »Nehmet hin dieses Rezept. Ich beschwöre Euch. Lasset mich laufen dafür. Was habe ich Euch getan, daß ihr mich also verfolget? Siehe, ich bin der König der Juden.«

Da brachen sie in ein unbändiges Gelächter aus. Und der Teufel sagte: »Sapperment, sapperment, sollte man das für möglich halten.« Und der Herr aus dem Publikum schrie: »Ans Kreuz mit ihm, ans Kreuz mit ihm!«

Und er ward verurteilt, sein knopfig Selbstgedrehtes aufzuessen. Und der Tuifelemaler Meideles porträtierte ihn, ehe er dem Schinder überliefert wurde. Und alle Fahnen tropften von Hohn und Lauge.

VI Grand Hotel Metaphysik

Die Geburt des Dadaismus. Mulche-Mulche, die Quintessenz der Phantastik, gebiert den jungen Herrn Fötus, hoch oben in jenem Bereich, der von Musik, Tanz, Torheit und göttlicher Familiarität umgeben, sich klärlich genug vom Gegenteil abhebt.

Über keine Rede der Herren Clemenceau und Lloyd George, über keinen Büchsenschuß Ludendorffs regte man sich so auf wie über das schwankende Häuflein dadaistischer Wanderpropheten, die die Kindlichkeit auf ihre Weise verkündeten.

In einem Fahrstuhl aus Tulpen und Hyazinthen begab sich Mulche-Mulche auf die Plattform des Grand Hotel Metaphysik. Oben harreten ihrer: der Zeremonienmeister, der die astronomischen Geräte zu ordnen hatte, der Jubelesel, der gierig aus einem Kübel voll Himbeersaft sich erlabte, und Musikon, unsere liebe Frau, aufgebaut ganz aus Passacaglien und Fugen.

Das schlanke Bein Mulche-Mulches war mit Chrysanthemen ganz umwickelt, so daß sie beim Gehen nur spärlich ausschreiten konnte. Die rosenblätterne Zunge stieß flatternd ein wenig über die Zähne hervor. Goldregen hing ihr vom Auge herab und die schwarze Decke des Himmelbetts, das ihr bereitet stand, war bemalt mit silbernen Hunden.

Das Hotel war aus Gummi erbaut und porös. Die oberen Stockwerke hingen mit Firsten und Kanten weit vornüber. Als Mulche-Mulche entkleidet war und der Glanz ihrer Augen die Himmel färbte −: eija, da hatte der Jubelesel sich satt getrunken. Eija, da schrie er mit weithin vernehmlichen Stimme Willkomm. Der Zeremonienmeister verbeugte sich weithin vielmals und rückte das Fernrohr näher zur Brüstung, um die Cölestographie zu studieren. Musikon aber, als Goldflamme stets um das Himmelbett tanzend, hob plötzlich die Arme, und siehe, von Violinen schattete es über die Stadt.

Mulche-Mulches Augen verflammten. Ein Anfüllen ihres Leibes vollzog sich mit Korn, Weihrauch und Myrrhen, daß sich die Decken des Bettes hoben und wölbten. Mit allerlei Samen und Frucht stieg die Fracht ihres Leibes, daß knatternd die Wickel zersprangen, darein er gebunden war.

Da machte sich alles rachitische Volk der Umgebung auf, die Geburt zu verhindern, die dem verödeten Lande drohte mit Fruchtbarkeit.

P. T. Bridet, die Totenblume am Hut, wuchs zeternd auf seinem Holzbein. Giftlache prägte sich auf seiner Backe. Aus der Stube der Abgeschiedenen eilte er grimmig herbei, dem Unerhörten erbost zu begegnen.

Und da war Pimperling mit dem Abschraubekopf. Das Trommelfell hing ihm zu beiden Seiten zerknüllt aus den Ohren. Ein Stirnband aus Nordlicht trug er, neuesten Datums. Typus des schlammüberfluteten Massengräblers, der, mit Vanille bepudert, aus Jalousien sehr schlimmer Dünste sich aufmacht, die Ehre zu retten.

Und da war Toto, der diesen Namen hatte, sonst nichts. Sein eiserner Adamsapfel schnurrte geölt im Winde, beim Laufen der Bise entgegen. Die Jerichobinde hatte er sich um den Leib geschnallt, damit seiner Eingeweide flatternde Lappen nicht sollten verloren gehen. Marseillaise, sein Schibboleth, strahlte ihm rot von der Brust.

Und sie zernierten die Gärten, stellten die Wachen aus und beschossen mit Filmkanonen die Plattform. Das donnerte Tag und Nacht. Als Versuchsballon ließen sie aufsteigen die violettausstrahlende ›Kartoffelseele‹. Auf ihren Leuchtraketen stand: ›God save the King‹ oder ›Wir treten zum Beten‹. Durch ein Schallrohr aber ließen sie auf die Plattform rufen: »Die Angst vor der Gegenwart verzehrt uns.«

Dort oben derweilen versuchte der Gottheit geschäftiger Finger vergebens, den jungen Herrn Fötus hervorzulocken aus Mulche-Mulches rumorendem Leibe. Schon war es an dem, daß er vorsichtig lugte aus ragendem Muttertore. Aber mit schlauerem Fuchsgesicht zog er sich blinzelnd wieder zurück, als er die viere, Jopp, Musikon, Gottheit und Jubelesel mit Schmetterlingsnetzen, Stöcken und Stangen und einem nassen Waschlappen vereinigt sah, ihn zu empfangen.

Und herrischer Schweiß brach aus Mulches gerötetem Körper mit Spritzen und Strahlen, daß alle Umgebung davon übergossen war.

Da wurden die unten ganz ratlos ob ihrer verrosteten Filmartillerie und wußten nicht, was sie beginnen sollten, ob abziehen oder verweilen. Und zogen die ›Kartoffelseele‹ zu Rat und beschlossen, das liebliche Schauspiel des Grand Hotel Metaphysik mit Gewalt zu erstürmen.

Als ersten der Katapulte rollten sie heran: den Modegötzen. Das ist ein mit Similisteinen und mit orientalischem Trödel beladener funkelnder Spitzkopf mit niedriger Stirne. Dieweil er vom Kopf bis zu den Füßen aus hölzernen Lügen gedrechselt ist und auf der Brust als Berlocke ein Eisenherz trägt, kann man ihn nennen den Spaßlosen Götzen.

Schwarzhalsig ragt er mit Schellen behangen, die Stimmgabel des Lasters hoch in der erhobenen Rechten. Aber mit Schriftzeichen über und über bemalt der Kabbala und des Talmud, schaut er doch gutmütig drein aus Kinderpupillen. Mit sechshundert selbstgelenkigen Armen verdreht er die Tatsachen und die Geschichte. Am hintersten Rückenwirbel ist auch ein Blechkasten angebracht mit Knallgebläse. Und so die ölgesalbte Entleerung stattfindet, entstürzen ihm afterlings Generäle und Bandenführer, menschenunähnlich und mit den Gesichtern im Kote schleifend.

Doch senkt ihm von oben Jopp mit Musikons Hilfe die Zündschnur tief in den Magen, und da er mit Hespar, Salfurio, Akunit und Schwefelsäure geladen ist, so sprengen sie ihn und vereiteln den Anschlag.

Als zweiten Götzen bringt man den ›Bärtigen Hund‹, daß er mit urchigem Brüllen und Geifer die zärtliche Anekdote wegspüle von der Plattform des Grand Hotel Metaphysik. Mit Stemmeisen lüpft man das Pflaster der Religionen, damit sich ein Weg und Geleise eröffne. Die ›Ideologischen Überbau-Aktien‹ fallen rapid. »Oh Niederbruch in die Tierheit!« jammert Bridet. »Die magischen Druckereien des heiligen Geistes genügen nicht mehr, den Untergang aufzuhalten.«

Und schon faucht er heran, vorgespannt einer auf Rollrädern laufenden Kirche, hinter deren Gardinen ängstliche Priester, Prälaten, Dekane und Summi Episcopi Ausschau halten. Fünfgrätige Rückenwirbel schleppen sein räudiges Fell, in das Truppen hineintätowiert sind. Auf fliehender Stirne thront Abbild von Golgatha. Gefüttert mit einem Häcksel aus Kraftlinien stand er bislang im Stalle der Allegorie. Nun rollt er heran, sein Erstaunen zu pusten wider die Klangstimme Musikons.

Doch seine Wut überschlägt sich. Noch ehe sein Atem den Dachfirst erreichen kann, krümmt er den Rücken und läßt seiner Mannbarkeit Samen aus, der duftet nach Jasmin und Wasserrosen. Entkräftet zittern des Ungetüms Knie. Es leget das Haupt auf die Pfoten, demütig winselnd. Mit seinem eigenen Schweife zerschlägt es die wackelnde Ferienkirche der Volksvormünder, die es herangezogen. Und auch dieser Ansturm versaget.

Und während auf luftiger Plattform Musikons Goldflamme tanzet, umbala weia, da bringt man den letzten der Götzen heran: Puppe Tod aus Stuck, im Auto lang ausgestreckt, um ihn an Stricken hinaufzuziehen. »Hoch lebe der Skandal!« ruft Pimperling zum Empfang. »Poetischer Freund«, so Toto, »ein krank verstümmelter Leichnam ist um Euren Kopf. Kobaltblau sind Eure Augen gefärbt, lichtockergelb Eure Stirne. Reichet den Handkoffer her. Sela.« Und Bridet: »Wahrlich, verschwiegener Meister, Ihr duftet nicht schlecht für Euer Alter. Das wird einen Heidenspaß geben. Lasset uns jeder das Tanzbein schwingen, das er dem andern entrissen hat. Lasset uns einen Triumphbogen bauen, und wo Ihr den Fuß hinsetzet, begleite Euch Segen und Heil!«

Da nickte der Tod und nahm ihnen ihre Erlebnisse ab, wie man ein Huldigungsschreiben entgegennimmt, und bot seinen Hals für die Schlinge, womit er zur Höhe sollte befördert werden. Und sie hakten die Spulen ein, drehten den Hebel und lotseten ihn. Doch die Last war zu schwer. Dreiviertel der Höhe hatte er baumelnd und schaukelnd erreicht und belebte sich schon, um den First zu erklimmen. Da strafften die Seile sich härter, sangen und sausten. Da krähte der Draht, und aus schwindelnder Höhe stürzte er nieder und traf mit der ganzen Wucht seiner Last den kreuzbraven Pimperling, der solcher Anrempelung sich mitnichten versah. Dreimal gestorben und fünfmal erschlagen trugen sie ihn, in ein Nastuch gehüllt, abseits des Weges und trachteten heiß, das verschobene Gebälk seines Hinterkopfes wieder zurechtzurücken. Doch da war nicht zu helfen. Und auch der Tod ging entzwei bei Pimperlings Tod durch den Tod.

Da stieß Mulche-Mulche plötzlich zwölf gellende Schreie aus, hart nacheinander. Ihr Zirkelbein hob sich zum Rande des Himmels. Und sie gebar. Zuerst ein klein Jüdlein, das trug ein klein Krönlein auf purpurnem Haupte und schwang sich sogleich auf die Nabelschnur und begann dort zu turnen. Und Musikon lachte, als sei sie die Base.

Und vierzig Tage vergingen, daß Mulche kreidigen Angesichts stand an der Brüstung. Da hob sie zum zweiten Male das Zirkelbein, hoch in den Himmel. Und diesmal gebar sie viel Spülicht, Geröll, Schutt, Schlamm und Gerümpel. Das prasselte, klirrte und polterte über die Brüstung hinab und begrub alle Lüste und Leichen der Sohlengänger. Da freute sich Jopp, und die Gottheit senkte das Schmetterlingsnetz und schaute verwundert.

Und abermals vierzig Tage vergingen, da Mulche nachdenklich stand und mit großen verschlingenden Augen. Da hob sie zum dritten Male das Bein und gebar den Herrn Fötus, als welcher beschrieben steht Pagina 28, Ars magna. Konfutse hat ihn gerühmt. Eine Glanzkante läuft ihm über den Rücken. Sein Vater ist Plimplamplasko, der hohe Geist, liebtrunken über die Maßen und wundersüchtig.

VII Bulbos Gebet und der Gebratene Dichter

In dem Maße, in dem sich das Grauen verstärkt, verstärkt sich das Lachen. Die Gegensätze treten grell hervor. Der Tod hat magische Gestalt angenommen. Sehr bewußt wird dagegen das Leben verteidigt, die Helle, die Freude. Die hohen Gewalten treten persönlich in die Schranken. Gott tanzt gegen den Tod.

Nun hätte man meinen können, der Tod selber sei gestorben, aber weit gefehlt. Kaum intonierten die großen Gespenster auf den Zementröhren die Totenklage, da kam, von solchem Rhythmus gehoben und in Bewegung gesetzt, der Tod lebhaft wieder herfür und begann auf eisernem Schenkel zu tanzen. Die Fäuste nach innen geballt, schlug er den Boden und stampfte mit dröhnenden Hufen.

Und die großen Gespenster lachten, und die Sargdeckel ihrer Backenknochen knackten. Denn das große Sterben war wieder da. Da sank Bulbo auf seine Knie, warf die Arme zum Himmel und schrie:

»Erlöse uns, o Herr, von der Verzauberung. Ziehe uns, o Herr, unsere versotteten Münder aus den Schmutzeimern, Rinnsalen und Abfallgruben, in die wir verrannt sind. Erbarme dich, o Herr, unseres Aufenthaltes in Sud und Latrine. Unsere Ohren sind mit Jodoformgaze umwickelt, in unseren Lungenflügeln weidet die Schar der Weinschröter und Engerlinge. Ins Reich der Spulwürmer und Abgötter sind wir verschlagen. Der Schrei nach der Auflösung nimmt überhand.

Mit feurigen Stöcken prügeln sie deine Erzengel. Sie locken deine Engel auf die Erde und machen sie dick und gebrauchsunfähig. Wo die Hölle ans Paradies grenzt, walzen sie ihre Betrunkenen in dein gelobtes Land, und es erschallet der Wagnerjodel, wigalaweia, in Germano panta rei.

Ein Haus des Gespöttes ist deine Kirche geworden, ein Schandhaus. Lästerer nennen sie uns und krötige Gnostiker. Unter der Fleischesfülle jedoch erscheinen ihre Apachen- und Tiergesichter. Wie soll man sie lieben? In den Schiebladen mehrt sich die Zahl der gefundenen Fötusse, und in den Bettern lottert der Speckmatz.

Nicht mehr gewahren sie die Mumie in der Hängematte, das einbalsamierte Gliedergerümpel und die Cholerabazillen in der Baßgeigennaht. Nicht mehr die Grütze, die aus dem Rauchfang tropft, und den Familienvater verwesten Gemütes. Schon im Mutterleibe verkaufen sie einander das ewige Leben.

Sie verschieben das Weizenmehl, das für deine heilige Hostie bestimmt ist, und gurgeln sich den Hals mit dem Krätzer, der dein heiliges Blut darstellen sollte. Du aber vergibst uns unsere Schlechtigkeit, wie auch wir versprechen, daß wir die unsrige tun.

Ich könnte mich ja in einer anderen Zeit aufhalten. Was nützte es mir, o Herr? Siehe, ich bewurzele mich bewußt in diesem Volke. Als Hungerkünstler nähre ich mich von Askese. Aber die Relativitätstheorie genügt nicht, noch die Philosophie ›als ob‹. Unsere Pamphlete verfangen nicht mehr. Die Erscheinungen von expansivem Marasmus mehren sich. Alle sechzig Millionen Seelen meines Volkes quirlen aus meinen Poren. Rattenschweiß ist es vor dir, o Herr. Doch erlöse uns, hilf uns, pneumatischer Vater!«

Da quoll aus Bulbos Mund ein schwarzer Ast, der Tod. Und man warf ihn in der Gespenster Mitte. Und der Tod exerzierte und tanzte auf ihm.

Der Herr aber sprach: »Mea res agitur. Er vertritt eine Ästhetik sinnlicher Assoziationen, die an Ideen anknüpfen. Eine Moralphilosophie in Grotesken. Seine Doktorey geht süß ein.« Und er entschloß sich, gleichfalls zu tanzen, weil das Gebet ihm gefallen hatte.

Da tanzte Gott mit dem Gerechten gegen den Tod. Drei Erzengel drehten seiner Frisur turmhohes Toupet. Und der Leviathan hing sein Hinterteil über die Himmelsmauer herunter und sah dabei zu. Über der Frisur des Herrn aber schwankte, aus den Gebeten der Israeliten geflochten, die turmhohe Krone.

Und ein Wirbelsturm erhob sich, und der Teufel kroch in das heimliche Gemach hinter dem Tanzplatz und schrie: »Graue Sonne, graue Sterne, grauer Apfel, grauer Mond.« Da fielen Sonne, Sterne, Apfel und Mond auf den Tanzplatz. Die Gespenster aber verspeiseten sie.

Da sagte der Herr: »Aulum babaulum, Feuer!« Und Sonne, Sterne, Apfel und Mond stoben aus den Kaldaunen der Gespenster und nahmen ihren Platz wieder ein.

Da hänselte der Tod: »Ecce homo logicus!« und flog auf die oberste Stufe. Und tat seine Großduftei auf, um seine Autorität zu beweisen.

Da schlug ihm Gott die Kategorientafel auf den Kopf, daß sie zerschellte, und tanzte weiter mit männlichen Schnörkeln und hurtigen Schleifen. Die Kategorientafel aber zerstampfte der Tod, die Gespenster aber verspeiseten sie.

Da machte der Tod einen Aschenregen aus dem Schwarzsauer der Hobelspäne, die für die Särge bestimmt sind, und schrie: »Chaque confrère une blague, et la totalité des blagues: humanité.« Und knackte dazu mit den Sargdeckeln seiner Backenknochen. Die Späne aber fielen ringsum hernieder, die Gespenster aber verzehreten sie.

Da senkte Gott die Trompete nach unten und rief: »Satana, Satana, ribellione!« Und es erschien der rote Mann, die falsche Majestät, und erschlug den Tod, daß kein Mensch ihn fürdermehr erkennen konnte. Und die Gespenster verspeiseten ihn. Aber siehe, da wurden sie sehr mächtig und schrieen: »Man reiche uns einen gebratenen Dichter!«

»Kuh, du bist unser!« sprach der Teufel.

»Freiheit, Verbrüderung, Himmel, du bist unser.«

»Unserigkeit und Knauserigkeit«, sprach der Teufel, »was soll nun dieses heißen?«

Da überließ ihnen der Herr den gebratenen Dichter. Die Gespenster aber hockten sich nieder im Kreis, entkeimten ihn, pellten die Kruste ab und den Federflaum und verspeiseten ihn. Da stellte sich heraus, daß Oblaten seine Hosenknöpfe waren, ungegoren der Kehlkopf, duftig das Gehirn, aber schief genabelt. Und der Gespenster jüngstes hielt ihm die Totenrede:

»Dieser war ein Psychofakt«, begann die Rede, »kein Mensch. Hermaphrodit vom Kopf bis zur Sohle. Spitz stachen die geistigen Schultern durch die Achselstücke seines Cutaway. Sein Kopf eine Wunderzwiebel der Geistigkeit. Blind beherrscht vom Drange, sich bruchlos zu bekennen, war sein Beginn, sein Ende und Anfang von solch jungfräulicher, völlig kompromißloser Seelensauberkeit, daß wir Nachwachsenden den Zweifel an der Pflicht zu revolutionär sittlichkeitsbildender Mutterschaft unserem annoch kraftlosen Streben nach einem Kosmos von Flugwillen und Erdüberwinderschaft als ein zwar unerläßliches, aber süßes Problem binnentragisch einzuordnen nicht umhin können.

Herrliches liegt hier verschüttet in einem Wust unvergorener, abstrakt verbliebener Rednerei. Subjektivistische Ekstatik vermochte nicht immer theatralischem Selbstzweck sich zu entheben. Stämmiger Schwärmer und fakirhafter Erlösungssucher, Hohepriester und Seher, Queller und Sporn dithyrambischen Schwunges fügt seinem löblichen Vorbild herbe Beeinträchtigung der einzige Umstand bei, daß Max Reinhardt, dessen schöpferische Regie den Aufriß der einzelnen Visionen befruchtete, sein Können dem Könner erst lange nach dessen Hingang hat spenden dürfen. Requiescat in pace.«

Und sie verspeiseten ihn; den Leichenredner aber verspeiseten sie ebenfalls. Und die Teller verspeiseten sie. Und die Gabeln verspeiseten sie. Und den Tanzplatz ebenfalls. Oh, wie gut war es, daß der Herr sich der Szene vorher enthoben hatte. Sie hätten auch ihn verspeist.

VIII Hymnus 1

Zu sagen ist nichts mehr. Vielleicht, daß etwas noch gesungen werden kann. ›Du magisch Quadrat, jetzt ist es zu spat.‹ So spricht einer, der zu schweigen versteht. ›Ambrosianischer Stier‹: gemeint ist der ambrosianische Lobgesang. Eine Hinwendung zur Kirche zeigt sich an in Vokabeln und Vokalen. Der Hymnus beginnt mit militärischen Reminiszenzen und schließt mit einer Anrufung Salomos, jenes großen Magiers, der sich tröstete, indem er die ägyptische Königstochter an sein Herz zog. Die ägyptische Königstochter ist die Magie.

Du Herr der Vögel, Hunde und Katzen, der Geister und Leiber, Gespenster und Fratzen,

Du Oben und Unten, Rechtsum und Linksum, Geradaus, Kehrteuch und Haltwerda,

Der Geist ist in dir und du bist in ihm, und ihr seid in euch und wir sind in uns.

Der Auferstandene bist du, der überwunden war.

Der Entfesselte, der seine Ketten zerriß,

Der Allmächtige bist du, Allnächtige, Prächtige, mit einem brennenden Topf auf dem Kopf

In alle Sprachen und Windrichtungen ist dir der Donner im Kasten zersprungen.

In Vernunft und Unvernunft, im toten und lebenden Reiche raget dein Blechhals und saust deine Speiche.

Mit großem Brüllen kamst du, Sturmhaube der Rebellion, Krähtrompete, Völkersohn.

In Feuerschlünden und Kugelsaat, in Sterbegewinsel und endlosem Fluche,

In Blasphemien sonder Zahl, in Schwaden von Druckerschwärze, Oblaten und Kuchen.

So sahen wir dich, so hielten wir dich, in Gesichterregen, geschnitzt aus Achat.

Auf umgestürzten Thronen, zerspellten Kanonen, auf Zeitungsfetzen, Devisen und Akten,

Bunt aufgeputzte Puppe, hobst du das Richtschwert über die Vertrackten.

Du Gott der Verwünschungen und der Kloaken, Dämonenfürst, Gott der Besessenen.

Du Mannequin mit Veilchen, Strumpfbändern, Parfums und mit einem Hurenkopfe bemalt.

Deine sieben Jungen blecken die Zungen, deine Großtanten werden zuschanden, eine rote Kugel ist deine Gugel.

Du Fürst der Krankheiten und Medikamente, Vater der Bulbo und Tenderende,

Der Arsenike und Salvarsäne, der Revolver, eingeseiften Stricke und Gashähne,

Du Löser aller Bindungen, Kasuist aller Windungen,

Du Gott der Lampen und der Laternen, du nährst dich von Lichtkegeln, Dreieck und Sternen.

Du Folterrad, russische Schaukel der Qual, Homozentaurus, in Flügelhosen schwebend durch den Krankensaal,

Du Holz, Kupfer, Bronze, Turm, Zinke und Blei, als Eisengockel schwirrst du geölt vorbei.

Du magisch Quadrat, jetzt ist es zu spat, du mystisch Quartier, ambrosianischer Stier,

Herr unserer Entblößung, deine fünf Finger sind das Fundament der Erlösung.

Herr unseres Jäger- und Küchenlateins, Lamentotrommel unseres Daseins, Äthernist, Kommunist, Antichrist, oh! Hochweisige Weisheit des Salomo!

Man beachte, wie sich in dieses Hymnusses zweiter Hälfte aus der Buffonade eine Litanei loslöst. Die liturgischen Formeln nehmen überhand. Die Stimmen und Parteien streiten zwar noch, und demgemäß ist der Gegenstand umstritten, von dem erlöst werden soll.

Der unsere Ehrenjungfrauen beiseite schob, unsere Blumensträuße und Parfumerien und unsere berauschenden Drogen,

Mit Bombardon, Pfeifen und Schellen, mit hellen Tschinellen und Redeschwällen grüßen wir dich.

Der unsere Mondkälber auf die Straßen warf, unsere Kochbücher und Astrologien,

Der aufschrie mit den Stimmen von zehntausend Wechselbälgern,

Der herankam und seinen Einzug hielt, lachender Kinderdrachen und Triumphator,

Mit Ersatzscheinen, Blech-, Email-, Papier- und Knopfgeld grüßen wir dich.

Der in den Backentaschen seines gehörnten Hauptes skrofulöse Kinder und Zebras verwahrt,

Für eine Mark haben sich hingegeben der tändelnde Dichter, der warme Prolet, der Zeitungsmann und der Priester.

Lege den Ring deiner Allmacht uns in die Nase und einen Zaun in den Kinnbacken, zähme du unsere Herrlichkeit.

Einen großen Tanz führen wir auf in Kleidern aus Lumpen und Papier, aus Fensterglas, Dachpappe und Zement.

Unsere alldeutschen Knotenstöcke schwingen wir, bemalt mit Runen und Hakenkreuzen. Vom Nabel bis zu den Knieen dauert dein Reich, und der lutheranische Kabeljau bellt.

Von den Nachstellungen der Ketzer und Utopisten, der Widersacher und Propheten erlöse uns, o Herr.

Von den Anmaßungen der Theoretikaster und Liturgiker, von den vereinigten Glockenspielern erlöse uns, o Herr.

Aus diesem Lande der Pflichtenkäfer, der naßkalten Kuchen und der mit Totenscheinen gepflasterten Orte führe uns weg, o Herr.

Höre auf zu klappern mit Holz, Kupfer, Bronze, Elfenbein, Stein und den andern gewaltigen Trommeln.

Höre auf, unsere Toten erscheinen zu lassen und unsere Wärme zu stören, darum bitten wir dich, o Herr.

Höre auf, die Gespenster uns auf den Tisch, die Gespenster uns in die Kaffeetassen zu setzen, und kein Inkubus raßle im Treppengebälk.

X Der Verwesungsdirigent

In diesem Kapitel wird angenommen, daß ein Fleischwarenhändler der letzte sein wird, den man begräbt. Späterhin stellt sich jedoch heraus, daß noch einige andere das große Sterben überdauert haben. Die Leidtragenden sind Revenants und Dreimonatsleichen. Das Begräbnis gestaltet sich zu einem Festzug ähnlich demjenigen, der bei den eleusinischen Mysterien stattfand. Zur Rechten des Schauplatzes wird eine drückend empfundene Finsternis in Kisten verpackt. Zur Linken zeigt sich ein gleichfalls überlebender Dichtklub eifrig damit beschäftigt, die Verwesung zu registrieren und die phantastische Wirklichkeit zweckmäßig abzuschwächen.

Schon waren alle sich einig, da reichte der Verwesungsdirigent sein Rücktrittsgesuch ein. Es war just an dem Tage, an dem das letzte Begräbnis stattfand. Die Abgeschiedenen hatten sich vollzählig versammelt. Sie unterdrückten notdürftig ihren Geruch, schnallten sich die Unterkiefer fest und reichten Parfum herum. Den Pferdekadaver, der die Begräbniskutsche zu ziehen hatte, hüllten sie ein in ein Meßgewand, damit seine wurmreiche Blöße nicht aufdringlich möchte zu sehen sein.

Und der Zeremonienmeister des finsteren Vorgangs erhob seine Stimme und las aus dem Festprogramm:

> »Gott, dem Allmächtigen
>
> hat es gefallen, unsere Urahne, Großmutter, Mutter und Kind,
>
> Herrn Gottlieb Zwischenzahn,
>
> von der Firma Zwischenzahn, Kiefer & Co.,
>
> Wurst- und Fleischwaren en gros,
>
> zu sich abzuberufen.«

»Hei schied er hen, dau schied er hen«, brummte der Chor.

> »Des Verblichenen Hinschied ist mustergiltig. Allzeit war er ein treuer Diener der Kirche. Ihn begleitet die Kundgebung unseres unflätigen Beileids, die tief empfundene Schmerzovation seiner Verwandten und Freunde, die in richtiger Erkenntnis der windigen Situation sich vor ihm bei Zeit aus dem Staube machten. Und bleibt noch hinzuzufügen, daß unter der Leitung des Verstorbenen die Wurstfabrik, die jetzt brachliegt, ehedem wurde ins Leben gerufen.«

Da setzte der Trauerzug sich in Bewegung, und der Verwesungsdirigent stieg auf das Podium und dirigierte zum letzten Mal. Und sein Famulus machte den Donner, auf einem Kuchenblech. Und während der duftende Zug in den Straßen verschwand, vernahm man die Worte der Chorybanten:

> »Der da spät im Hafen landelt,
> Abgebrüht und ganz verschandelt,
> Mit dem Barte, dem vielgreisen –
> Lederportefeuille, stets auf Reisen –
> Der da Schaf und Schwein getötet,
> Umeinand' geschwerenötet,
> Hin und her und selbst geschoben,
> Abgesetzt und aufgehoben –
> Fürchtet jetzt des Gauches Seele,
> Daß die Dividende fehle?
> Wird sein Geist im Geist erröten?
> Er ging flöten, er ging flöten.«

Und der Pfarrherr stocherte mit dem Kirchenkreuz die Überbleibsel im Sarg zurecht, während der Famulus donnerte und der Verwesungsdirigent dirigierte:

»Bringen ihn allhier getragen
Platt auf einem Leichenwagen,
Daß der Korpus, der geschäft'ge
Nahrung sauge und sich kräft'ge.
Legen ihn auf Himmelsboden
Eingewickelt ganz in Quoten.
Knüpfen ihm die Weste leichter
Seinem Hosenbein entsteigt er.
Salben ihm die Augen linde
Mit reichsdeutscher Adlertinte.
Über seinem müden Haupte
Schweb', was er zusammenklaubte.«

Siehe, da konnte man wahrnehmen, daß sich zur Rechten versammelt hatten die Kirchendiener der unteren Himmel. Sie trugen Kutten aus tolerantem Kaschmir und hohe Kappen
aus Asche und waren damit beschäftigt, alle verfügbare Sonnenfinsternis einzupacken in Kisten.
Denn die Luft war überladen damit, und man bekam Kopfweh. Einige auch dieser Dienstleute
der schwarzen Schicht hatten den Kopf nicht bedeckt. Ihre Blechaugen schielten. Ihr Kopfhaar
aus Zündholz klapperte, wenn sich beim Bücken der Wind darin fing.

Zur Linken aber hatte der Dichtklub ›Üppiger Schenkel‹ seine Vibrationsmaschinen aufgestellt, mächtige Katapulte, mit denen die leiseste Schwingung des Seelenlebens und der Verwesung aufzufangen und zu berechnen war.

Aber sie hatten auch die Waschmaschine der Banalisierung dabei, in die man von oben die
Wirklichkeit stopfte, um sie mit Zahnrad und Quirl zu entwerten. Und da die Finsternis aller
Augen blendete, nahmen einige die Gelegenheit wahr, ein wüstes erotisches Treiben zu entfalten.
Schlamm, Mörtel und Steine schleppten sie herbei und buken daraus eine gigantische Vulva,
Geburtsteil der Göttin Ta-hu-re.

Da hob der Verwesungsdirigent die Arme um drei Stufen höher, wies auf das hitzige Treiben
und sprach:

»Man nenne mir Namen und Herkunft dieser Gesellen.«

Und der Famulus hob das Kuchenblech als eine schwarze Sonne und sprach:

»Habet Nachsicht, Herr, es sind Idealisten. Ihr merkts an dem glühenden Seelenleben. Sie
sind aus dem Zwielicht geboren und haben vergessen zu sterben. Jetzt dichten sie um den
nackten Punkt.«

Und der Verwesungsdirigent hob die Arme abermals um drei Stufen höher, schneuzte sich,
spuckte zur Rechten und Linken und sprach:

»Sind Dekadente darunter? Transzendente Dekadente?«

»Nein«, sagte der Famulus, »es sind Nachtbuben darunter. Sie klettern auf das Denkmal des
Dichtervaters Gleim und ruinieren die Aussicht.«

Und der Verwesungsdirigent sah genauer hin und sprach:

»Sie scheinen es mit der Aktivität zu tun zu haben.«

»Ja, Herr«, sagte der Famulus, »sie sind sehr geschäftig mit ihrer Spille.« Er meinte aber
damit die Waschmaschine der Banalisierung.

In diesem Augenblick aber verließ auch schon einer der vielen Gesellen den Bannkreis, kam
näher heran, hielt die Opferbüchse hin und schrie:

»Menschlichkeit in Wort und Schrift! Kostenlose Menschlichkeit!« Und andere drängten hinzu, rangen die nassen Tücher aus, die sie sich um die Köpfe gebunden hatten, und rezitierten
ihre soeben erfundenen Sprüche und Späße.

Der Eine: »Sternenstirne meiner Dulderkrone«, und »Lampenkönig aus Jerusalem«.

Der Andere: »Ich möchte eine Bemerkung machen: schon wenn du die steile Treppe betrittst... Tritte betreppst... Trette betrippst...«

Der Dritte: »Tapp tapp, mein Asthma, fahre hin, du Kutsche«, und: »Hinter unseren Stirnen
glühen die großen Abszesse.«

»Sie übertreiben, Herr«, versetzte der Famulus. »Ist im Grunde ein harmloses Völkchen. Mußt sie nicht deines Ärgers würdigen.«

Als aber einer ganz hinten, bei den Gerüsten, die Pfeife rauchte und sein Essay vorzulegen begann: »Von der Schönheit der ungelegten Eier«, da überkam den Verwesungsmeister die Ungeduld und er rief:

»Grob, ungeschlacht und herausfordernd sind sie. Es paßt ihnen nicht, daß sie schuften sollen. Sie wollen den Platz an der Sonne. Gib ihnen einen Groschen für ihre Kollekte und einen Groschen für jenen dort, der das Klagelied bläst auf der Speiseröhre. Scheuch sie heraus, Serpent, aus ihren Löchern. Es schmerzt mich, sie so sitzen zu sehen.«

Da protestierten sie. Und entmutigt sagte der Famulus: »Sie wollen hier sitzen bleiben und ihre Großgehirnrinde verzehren. Mehr wollen sie nicht. Auch haben sie keine Beinkleider mehr. Sie haben alles geopfert bis auf das Hemd.«

»Wirf ihnen Abdul Hamids braune Hose zu!« resignierte der Meister, »und laß uns weitergehen. Da ist nicht zu helfen. Wahrlich, es könnte bei einiger Überreizung ihres Gemütes der Fall eintreten, daß sie mit Drohungen kommen, die Plempe uns an den Magen zu setzen, weil wir nicht Anstalten machen, ihre Erlebnisse aufzukaufen. Bei Gott, ein verwegener Menschenschlag!«

XI jolifanto bamblo ô falli bamblo…

Schilderung einer Elefantenkarawane aus dem weltberühmten Zyklus ›gadji beri bimba‹. Der Verfasser zelebrierte diesen Zyklus als Novität zum ersten Mal 1916 im Cabaret Voltaire. Das Bischofskostüm aus Glanzpapier, das er damals trug, mit ragendem, blau-weiß gestreifeltem Schamanenhut, wird noch heute von den sanften Bewohnern Haways als Fetisch verehrt.

jolifanto bambla ô falli bambla
grossiga m'pfa habla horem
égiga goramen
higo bloiko russula huju
hollaka hollala
anlogo bung
blago bung
blago bung
bosso fataka
ü üü ü
schampa wulla wussa ólobo
hej tatta gôrem
eschige zunbada
wulubu ssubudu ulu wassubada
tumba ba- umf
kusa gauma
ba- umf

Tenderenda seinerseits gibt die Huldigung seinem verschwiegenen Weihe-Oberhaupt weiter. Der Urvater der Hymnologen wird in diesem Hymnus u. a. ›Chaldäischer Erzengel‹, ›Koralle des Jenseits‹ und ›Flüssiger Meister‹ genannt. Der Narrentanz dieses Büchleins wird ihm aufgeopfert: ›Wir Fratzenschneider, im Feuermantel tanzend ums Wasserfaß.‹ Die letzten Verse in Sonderheit verraten eine vollkommene Hingabe. Tenderenda'n hat das große Heimweh gepackt. Er sagt sich die Verse in tristen Stunden zu seiner Erbauung vor.

Chaldäischer Erzengel, Asternkönig, purpurner
Mann mit den Händen, die Schlaf bedeuten,
Du lässest die Tiere in uns erscheinen,
Du heftest uns an den klingenden Magierorden,
Du schließest uns an die Gestirne an,
Die uns zerschneiden und teilen.
Aller Heiligen, aller Toten Meister,
Violenglas, drin wir entblühten,
Kreuzweise und in die Länge sterben wir,
Den letzten Husten bekommen wir,
Hinsinken wir in den ewigen Raum, Laurentius –
Tränen, leuchtend und schwärmend.

Du Zonenchef, schwarzer Chef,
Fallsüchtig sind wir wie sehr, sterbsüchtig wie sehr!
Der heilige Arzt Kosmas kann uns nicht helfen.
Wir sterben dir ab und zu, wir versterben dir gänzlich,
In dir ist alles gemeinsam.
Den großen Bären tragen wir als Totem am Arm,
Eine Sonne aus terra siena am Herzen.
Besitzend von dir besessen, lösen wir uns.

Wir Zackentrompete, flatternd im Kristallwind,
Wir tragischer Pfau, zerbrechend auf allen Stufen,
Wir Fratzenschneider, im Feuermantel tanzend ums Wasserfaß.
Du Gürtel der Sterne, du Kugelwand, rollende Finsternis.
Du morgenländisches Volk, abendländisches Volk,
Kriegsmärsche in Moll murmelnd, Schaum um den Turm Deiner Gnade.

Du Zymbalum mundi, Koralle des Jenseits, flüssiger Meister,
Laut weinet die Skala der Menschen und Tiere.
Laut jammert das Volk der Städte aus Feuer und Rauch.
Da deine Wunderhörner auftauchten, da du dein
Tönernes Spielzeug ansahest, da du dein Reich
Inspiziertest und uns, die Beamten deines Katasters.
Denn die Schminke brach. Denn die Würfel zersetzten sich.
Denn nirgends war solche Sünde wie hier.

Du Angesicht aus Metaphern gestückt, Faschingsgedichtpuppe
Unserer Angst. Du Duft weißen Papiers!
Blatt, Tinte, Schreibzeug und Zigarette,
Alles lassen wir liegen. Kleinlaut folgen wir dir.
Aus den Zahlen, die uns gebannt hielten, lösen sich unsere Füße.
Aus den Massen, die in uns gebrannt waren, strömt Süße.
Rares eintauschen wir gegen Bares, Wahres gegen Unklares,
Eins gegen zwei, und die Nachthauptstadt gegen Benares.

XIII Laurentius Tenderenda

Unverblümter Ausbruch oder Expektoration des Titelhelden. Der Autor nennt ihn einen Phantasten, er selbst nennt sich in seiner verstiegenen Weise ›Kirchenpoet‹. Auch als ›Ritter aus Glanzpapier‹ bezeichnet er sich, was auf den donquichotischen Aufzug hinweist, in dem Tenderenda bei Lebzeiten sich zu bewegen liebte. Er gesteht, seiner Fröhlichkeit müde zu sein und erfleht sich den Segen des Himmels. Besonderes Lob verdient die Benediktionsformel, deren heiteres Tongefälle dem himmelstänzlerischen Wesen Tenderendas gerecht wird. Da er Chimären in den Stall bringt, könnte man ihn für einen Exorzisten halten. Die Nachstellungen des Teufels, auf die der Segensspruch hinweist, sind jene Phantasmata, über die schon der heilige Ambrosius klagt, und deren Abschwörung ein anderer Heiliger als Bedingung nennt für den Eintritt in den Mönchsstand. Ansonsten ist Tenderendas Situation elegisch und massenscheu. Die Wortspiele, Wunder und Abenteuer haben ihn mürbe gemacht. Er sehnt sich nach friedlicher Stille und nach lateinischer Abwesenheit.

Mit einem Dröhnen hub es an: Laurentius Tenderenda, der Kirchenpoet, eine Halluzinade in drei Teilen. Laurentius Tenderenda, oder der Tollmätcher der Zwangsläufigkeit. Laurentius Tenderenda, die Wesensessenz der Astralkanonade. Das sollte ein Schabernack sein für delektierbare Zwerchfelle. Aber es ward ein Trauerspiel des gesunden Menschenverstandes und eine Gimpelei für die Modepinsel und Wortflagellanten.

Ein Gebetbuchfabrikant sprach den Prolog, und das Theater schwankte vom Kreisel der Menschenfülle. Mit Hutnadeln waren die Giebel befestigt, und von den Balkonen hingen die hungrigen Bandwürmer, elomen. Der Dispositionsleib des Goliath wurde geöffnet, zehn Stockwerke fielen heraus. Die Klapperschlangen wurden ins Türmlein gebracht und das Bockshorn blies zum Fünfuhrtee.

Oh dieses Jahrhundert aus Glühlicht und Stacheldraht, Urkraft und Abgrund! Was sollten hier Dokumente der Qual? Vor einem Kriegervolk, vor versammeltem Chorus der Versredakteure? Laurentius Tenderenda, oder der Missionar unter den Schweißfüßen und Rothäuten der Akademie für Leibesübungen. Ein Bekenntnisbuch und ein Hustenturm. Ich will die Materie wohlgefüttert vortragen. Das Stubenfechten liegt mir nicht. Wäre nur nicht dieses beständige schwefelchlore Todesröcheln. Keinen Schritt mehr, oder ich röchle.

Jetzt sind sie gegangen, ihr dreisitziges Grautier in Galopp zu versetzen. Granate, Zitron und venedisch Blau Rauch ihrer Zackenhüte. Jetzt brütet die Henne im Hochamt, und sie jagen nach ihr mit dem Klingelbeutel. In Zinksalbe kochen sie ihre Taschenuhren und den Nostradamus überpinseln sie mit Heliotrop.

Das ist mir die richtige Satansparfümerie. Ein bißchen riechts auch nach Knüllpfeffer und Zipfeldraht. Im zweiten Teil aber werden die Leidtragenden sich Koransprüche als Leibbinden umschnallen. Die Kunst als Schnalle. Kapuzinade in drei Fortsetzungen. Oder der enzyklopädische Gebetszylinder. Oder das abgründig fahndende Schauen in die infernale Welt des Schnauzbartklamauks.

Ich wäre mir ja ein Feiner, wenn ich das nicht begriffe. Ein Feiner wäre ich mir, wenn ich dem Biest nicht wollte mit Stiefelknechten zuleibe gehen. Das Frauenideal des deutschen Volkes wohnt nicht im öffentlichen Hause der Lust. Der Kakadu ist in das Gift gefallen. Der Blaue Reiter ist nicht der Rote Radler. Und ich dachte, ich hätte die Chose auf Flaschen gezogen.

Sie haben den Tintenfisch mir auf das Bett gesetzt. Und ihre Zahnwurzeln reichten sie mir zur Speise. Den Baldrian hab ich gekostet und die Kirchturmspitze mit Glaspapier abgerieben. Und ich weiß nicht, ob ich zu denen oben oder zu denen unten gehöre. Denn das Unglaubliche, niemals Erlaubliche wird hier Ereignis.

Ohne Präambel: von Haus aus bin ich ein Kind der Leidenschaft. Mein Mons puberis kann sich sehen lassen. Vierzig Tage habe ich im Natron gelegen. Den Gottlosen werden die Zähne lang aus dem Kiefer wachsen.

Ich könnte das Pönital rezitieren und das heilige Kreuzzeichen machen. Wem wäre gedient damit? Ich könnte meine Locken mit Öl der Sonnenblume salben und die davidische Harfe ergreifen? Cui bono? Die Herren Hausseure und Färbemeister des neuen Jerusalem porträtierend –: was nützte es mir?

Dies ist der Parabasen elfte und letzte. Der Ritter aus Glanzpapier ist seiner Fröhlichkeit müde. Die Orgel hat seinen Abgang gelockert. Die Chimären sind in den Stall gebracht, und der Kirchenvater Origines sonnt seine Glatze im Abendrot. Ewigen Samen verleihe uns, o Herr, einen guten Cordial Médoc, und das Orchester der dreimal geschnäbelten Wasserpfeifen verstumme einen Augenblick.

Benedicat te Tenderendam, dominus, et custodiat te ab omnibus insidiis diaboli. O Huelsenbeck, o Huelsenbeck, quelle fleur tenez-vous dans le bec? Die Wurzen begatten einander in den Heiligtümern. Detektive sind unser Hutschmuck, und das ›gadji beri bimba‹ verrichten wir als Nachtgebet.

Tenderenda den Kreuzschläger werden sie mich nennen. Auf der Sedia gestatoria werden sie meine Gebeine zeigen. Mit Weihwasser werden sie nach mir spritzen. Vollmönch der Präservation und Filtriertuch der Unsauberkeiten werden sie mich nennen, Eselskönig und Schismatikaster. In nomine patris et filii et spiritus sancti.

Ein Glück nur, daß mir die Pfingstlaune durch gar zu krasse Außenseiter nicht gestört wird. Ein Glück, daß ich gut in Form bleiben kann. Hätte ich ein Notizbuch zur Hand, oder böte sich sonst eine Occasion, so würde ich aufschreiben, was mir mehr einfällt. Die ganze Zeit fällt mir ja ein. Es ist ein großer Einfall und Hinfall, den ich mit hinfälliger Einfalt festhalten möchte.

XIV baubo sbugi ninga gloffa

Eine Zauberformel. Sie gilt den zwei mystischen Tieren Tenderendas, dem Pfau und der Katze. Zwei hochmütigen und verschwiegenen Tieren, dem Jeremias und der Klagefrau unter den Tieren. Es empfiehlt sich, den Spruch nur leichthin zu sagen und nicht allzu lange dabei zu verweilen. Er ist auch nur als eine Art von Agraffe gedacht, die die zwei letzten Texte verbindet.

baubo sbugi ninga gloffa
siwi faffa
sbugi faffa
ôlofa
fafâmo
faufo halja finj

sirgi ninga banja sbugi
halja hanja golja biddim

mâ mâ
piaûpa

mjâma

pâwapa
baungo
sbugi
ninga
glofâllor

XV Herr und Frau Goldkopf

Ein astrales Märchen. Eine Art himmlischen Puppenspiels. Drei Teile lassen sich deutlich unterscheiden. Der erste: ein mystisches Erlebnis der Eheleute Goldkopf. Eine weiße Lawine kommt ihnen zu Besuch, eine sich steigernde Reinheit und Helle wächst ihnen zu. Ihr Haus liegt über dem Abgrund und an der Fabelwiese, auf der der Buchstabenbaum einhergeht. Das ist jener Baum, von dem die poetischen Adam und Evas essen. Zärtliche Allegorien in Tiergestalt treten auf. Traumhaft die Notenständer des Lachens, die Tenderenda bei Lebzeiten verteilte. Der zweite Teil ist die Ballade von Koko dem grünen Gott. Das ist der Phantastengott. Von ihm kommt alle Glückseligkeit, solang er in Freiheit die Flügel schwingt. Setzt man ihn aber gefangen, so rächt er sich durch Verzauberung derer, die ihm die nächsten waren. Der dritte Teil ist ein Epilog des Ehepaars Goldkopf. Es schüttelt den Staub seiner Zeit von den Füßen und prophezeit ein Ende der Gottlosen und der Verzauberung. Den Kehraus macht, wie es recht und billig ist, ein Vers des Herrn Dichterfürsten Johann von Goethe.

Herr und Frau Goldkopf begegnen sich auf der blauen Wand. Herrn Goldkopf hängt eine Sternschnuppe aus der Nase. Frau Goldkopf hat einen grünen Federwisch am Hut. Herr Goldkopf macht einen Kratzfuß. Frau Goldkopf hat eine Hand wie eine fünfzinkige Gabel.

Eine Lawine kommt die Treppe herauf. Hart hinter der Nacht. Eine weiße Lawine die wacklige Treppe. Frau Goldkopf verbeugt sich. Herr Goldkopf tippt sich an die Stirn. Eine weiße Fontäne entspringt seinem Kopfe. In keinem Jahrhundert ward solches gesehen. In keinem Jahrhundert.

Die Feuer- und Schneehähne stieben entsetzt aus der Tiefe. Die heiseren Kühe putzen einander die Nasen. Auf der Smaragdwiese wandelt der Buchstabenbaum.

Auf der Smaragdwiese: sodaseifener Wurm gigampfet aufgezäumt. Sein Reiter stürzt ab und verteilet die Notenständer des Lachens. Er steigt in die Morgen- und Abendschaukel, wiegt sich und schwingt sich und hüpfet ins Jenseits.

Da kommen der Flötenbock, Puderbock, Tulpenbock, recken die Hälse. Da stehet im Hintergrund ein Vogelhaus. Drin sitzt der Kaduderhahn und schäumt Sterne.

Spricht Herr Goldkopf verwundert: »Die Tulpe ist eine Gartenblume, schön, aber geruchlos. Auf einer Höllenmaschine kann man nicht Kaffee kochen.«

Spricht Frau Goldkopf. »In gremio matris sedet sapientia patris. So ists mit der Tulpe. In der Erde hat sie eine Zwiebel. Darum ist sie eine Zwiebelpflanze.«

Spricht Herr Goldkopf: »Epileptiker fallen allhier von den Bäumen. Das blaue Pfeifen mächtiger Syphone lockt. Das Bild sakrosankter Dreieinigkeit glüht über dem Buchstabenbaum. Erstaunet Sie nicht, Frau Goldkopf, die hohe Kindlichkeit aller Begebenheiten?«

Spricht Frau Goldkopf. »Oh Sie mit Ihren fanatischen weltstürmenden Gedanken! Tanzende Tiere sind wir in ragendem Kopfputz. Wir ringen um Nüchternheit. Wahrlich vergebens. Wer von wem weiß was?«

Und Herr Goldkopf. »Doch erinnern Sie sich: Sambuco? Fünf Häuser auf einer grünen Wand. Der Boden, auf dem Sie da stehen: dreieckiger Glasscherben im Weltenraum. Koko, der grüne Gott, hat uns verzaubert.«

Und Frau Goldkopf. »Koko – das ist: unser Sohn? Warum wollen Sie Weltschmerz spielen? Ihre Distanz und Melancholie, Ihre Altklugheit und Erfahrung: bedenken Sie nur! Mund, Stirne und Augenhöhlen verschüttet von Safran. Was führen Sie Klage?«

Strophe

Koko, der grüne Gott, einst schwirrte in Freiheit

Über dem Marktplatz im Reiche Sambuco.

Da fing man ihn ein und setzte ihm Gitter aus grobem Draht,

Und fütterte ihn mit Pomade und mit den Unterröcken der alten Weiber.

Er gab nicht Antwort auf höhnische Fragen nach seinem Befinden.

Er weissagte nicht mehr die Schicksale der nächsten und übernächsten Welt.
Traurig und einsam saß er auf seinem Holzpflock.
Die Segnungen seiner Gegenwart gediehen nicht mehr.
Nicht mehr durchstrahlte sein violettes Flügelschlagen die Welt.
Das verschrumpfte Gesicht einer alten Frau Eule bekam er
Und führte ein absolut logisches Dasein voll Lähmung.
Gerüttelt des Nachts von der Sterne einwirkendem Irrsinn
Rächte er sich durch Verzauberung derer, die ihm die nächsten waren.

Antistrophe

Das himmelschreiende Licht leuchte ihm!
Sonne des Todes blähe die Giebel der schmutzigen
Bumbuleute, die ihn gefangennahmen.
Man spiele seine Ballade auf allen Mundharmoniken der Neuzeit.
Man bereite gepolsterte Straßen für ihn, wenn er zurückkehrt.
Die zwölf Zeichen des Tierkreises mögen leben von seinem Ruhm.
Der Oberbonze darf eine Nacht bei seiner Schwägerin schlafen zum Lohn.
Menschen und Tiere werfen die Kleider des Leibes und Leides ab,
Wenn er wiederkehrt aus der Haft der o-beinigen Räuber.
Seine Mutter ist für ihn auf den Talon gegangen im Diesseits und Jenseits
Sein Vater wiegte für ihn auf der Hand die Geister des Bösen.
Er hat uns verworfen und lebende Bilder gestellt aus unserer Qual.
Er wird die Verzauberung lösen, die uns besessen hält.

Frau Goldkopf: »So geschehe es.«
    Herr Goldkopf: »Wenn Metatron stampfend die Firmamente durchreitet.«
    Frau Goldkopf: »Die Erde wird er an den vier Enden fassen und die Gottlosen daraus schütteln.«
    Herr Goldkopf: »Beruhigen Sie sich, Madame, wenn ich bitten darf. Lassen Sie uns auf den farbigen Esel steigen und über den Abgrund gemächlich hinunterreiten.«
    Frau Goldkopf: »Einen Moment nur, wenn es gefällig ist. Damit ich die Sonne, dies Eitergeschwür, mit der Feuerzange anpacke und ihm den gesteigerten Weg zuweise.«

Chorus Seraphicus

    Das Voll und Ganze wird hier Ereignis
    Im Totentanze strebt es zum Gleichnis.
    Das Unerhörte – hier tritt es ein.
    In grellem Lichte: Verworfensein.

Made in the USA
Monee, IL
07 July 2026

56547990R00024